달
에
게

달에게

미안해 사랑해 고마워

서은 지음

지식인하우스

마음의 조각들 앞에서

가끔은 나에게조차
절대 털어놓을 수 없는 마음이 있었다.
마음이 조각조각 나눠지는 그런 밤이 있었다.

아픔은 고통의 조각으로,
고통은 미움의 조각으로,
미움은 불신의 조각으로
제각각 쪼개지고 흩어졌다.

꽤 긴 밤이었다.
그 밤은 너무 외로워서, 아파서
눈을 감을 수도, 숨을 쉴 수도 없었다.

온기도, 이름도 없는 마음의 조각들이
긴 밤의 침묵 속에 나를 찌르고, 또 찌를 때
그곳엔 오직 달빛만이 있었다.

내세울 것도 없는 첫 책을 다시 출간하려 하니 생떼 쓰는 아이가 된 기분입니다.

그럼에도 불구하고 용기를 내어 다시금 이 책을 세상에 내놓는 것은, 손으로 적어 내려가는 희망의 글자들이 마음에 주는 용기와 희망, 위안의 힘을 믿기 때문입니다.

보이지 않는 마음의 소리들은 집요하게도 밤을 집어삼켰습니다. 그런 밤이면 참 많은 질책과 자책을 스스로에게 쏟아냈던 것 같습니다. 그런 밤에는 꽤 자주 밤하늘을 올려다본 것도 같습니다. 잠도, 꿈도 허락하지 않는 밤은 오로지 달만을 곁에 두도록 허락했습니다. 그렇게 꽤 자주, 미친 사람처럼 달과 이야기를 나눴습니다. 그리고 알게 됐죠. 꽤 자주 우리 스스로에게 말해 줘야 한다는 사실을. 이렇게라도 마음을 전해야 한다는 것을.

부족하고 서툰 나였을지라도,
오늘을 꿋꿋하게 살아 줘서 고맙다고.
그래서 더 미안하고 사랑하고 고맙다고.

당신의 마음은
언제나 봄이기를
서은

그 날, 그 순간
내가 나에게 해 주고 싶은 말은,

" "

_____

첫 번째 마음
미안함 그리고 위로

두 번째 마음
사랑 그리고 기적

세 번째 마음
감사 그리고 선물

다섯 번째 마음
소중함 그리고 응원

미안함 그리고 위로

서툴고 부족한 나로 산다는 게
얼마나 힘든지 나도 안다.

그렇기 때문에 더 애틋한 날이 많았다.
그럼에도 쉬이 위로를 건네지 못한 건

나에게조차 말할 수 없는 마음이
있었기 때문이다.

보내지 못한 어떤 마음은
달을 닮았다

" "

당신에겐 두 번째 봄이 있기에

가을이 아름다운 이유는
두 번째 봄이 시작되기 때문입니다.
꽃만이 사람들의 시선을 사로잡던 봄과는 달리
모든 잎들이 꽃이 되는 계절이 가을입니다.
봄이 갔다 해도
계절의 두 번째 봄인 가을이 있기에,
당신의 두 번째 봄은 지난 봄보다
더 화사하고 아름다울 겁니다.

가을은 모든 잎이 꽃이 되는 두 번째 봄이다.
알베르 카뮈

Autumn is a second spring when every leaf is a flower.
Albert Camus

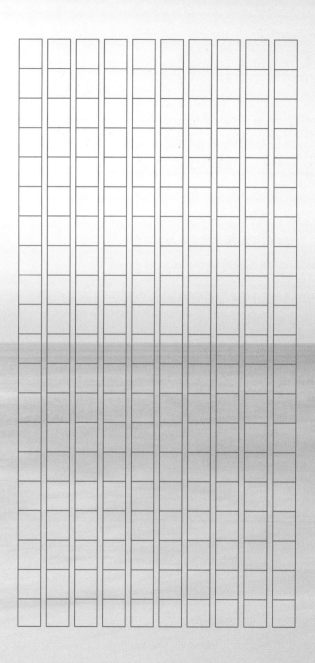

웃고만 살기에도 부족합니다

그 누구에게나, 한 치의 오차도 없이 공평한 것이 있습니다.

그것은 바로 시간입니다.

행복하게 하루를 채워도, 슬픔 속에 하루를 보내도

오늘 하루는 늘 그렇듯이 흘러갑니다.

당신의 오늘은 무엇으로 채워지고 있습니까?

인생에서 가장 의미 없이 보낸 날은 웃지 않고 보낸 날이다.

E. E. 커밍스

The most wasted of all days is one without laughter.

E. E. Cummings

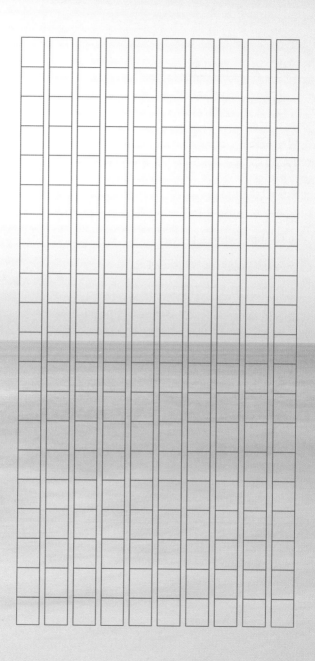

웃는 것도 습관입니다

아주 가끔은,

무작정 친구를 만나 수다를 떨어 보는 것은 어떨까요?

아주 가끔은,

무작정 누군가를 만나 웃음으로 가득한 시간을 보내 보세요.

웃는 것도 습관입니다.

웃음이라는 샘이 메마르지 않도록

웃고, 웃고 또 웃어 주세요.

웃음 앞에서는 어떤 적도 존재하지 않습니다.

웃음은 두 사람 사이를 이어 주는 가장 빠른 지름길이다.

빅토르 보르거

Laughter is the shortest distance between two people.

Victor Borge

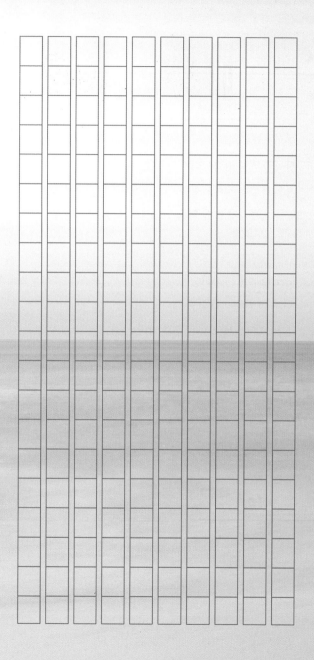

먼저 자신에게 평화를

누군가의 평화를 빌어 주기에 앞서 해야 하는 일은
자신이 먼저 평화로워지는 것입니다.
자신이 먼저 평화로워진다면 어제보다 더 큰 사랑을
다른 이들에게도 베풀 수 있습니다.

먼저 자신이 평화로워야 다른 사람에게도 평화를 줄 수 있다.
토마스 아 켐피스

First keep the peace within yourself,
then you can also bring peace to others.
Thomas a Kempis

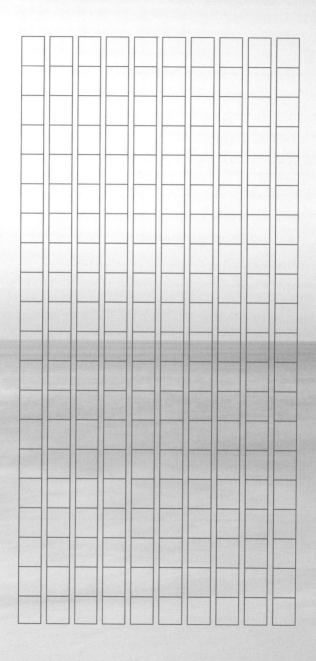

사랑에도 기술이 필요합니다

짝사랑은 필요 없고,

무조건 해피엔드가 되는 사랑의 기술이 있습니다.

그것은 가까이 있는 것을,

손에 닿는 것을 사랑하는 것입니다.

우리는 종종 할 수 없는 일을 하느라,

할 수 있는 일을 놓치게 되는 경우가 있습니다.

사랑도, 행복도 아주 단순하게 시작해 보세요.

가까이에 있는 것을 사랑하고, 단순한 행복을 즐기는 것.

이것이 행복해지기 위한 용기 있는 출발일 것입니다.

원하는 것을 손에 넣을 수 없다면,

손 닿는 곳에 있는 것을 사랑하라.

프랑스 속담

When we cannot get what we love,

we must love what is within our reach.

French proverb

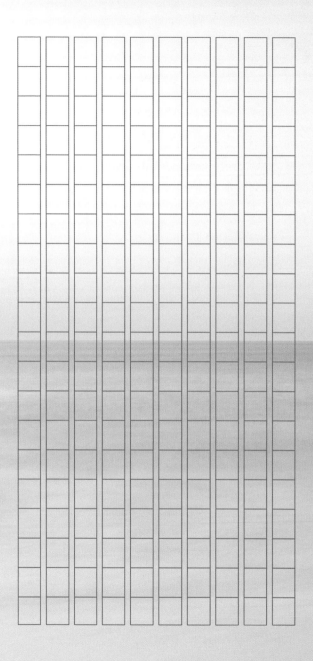

상상력을 더한다면

매일 반복되며 무의미하게 흘러가는 것 같은 일상도,

매분, 매초가 따분하게 느껴지는 오늘도,

상상력 몇 방울만 더한다면 특별할 수 있습니다.

천재적인 창의성이 아니더라도 좋습니다.

집안 가구 배치를 바꾸어도 좋고,

옷장 속 옷가지를 꺼내 자신만의 패션쇼를 열어도 좋습니다.

일상을 상상력으로 물들여 보세요.

단 한 사람이 돌무더기를 보면서
대성당을 떠올린다면
그것은 더 이상 돌무더기가 아니다.
앙투안 드 생텍쥐페리

A rock pile ceases to be a rock pile the moment a
single man contemplates it,
bearing within him the image of a cathedral.
Antoine de Saint-Exupery

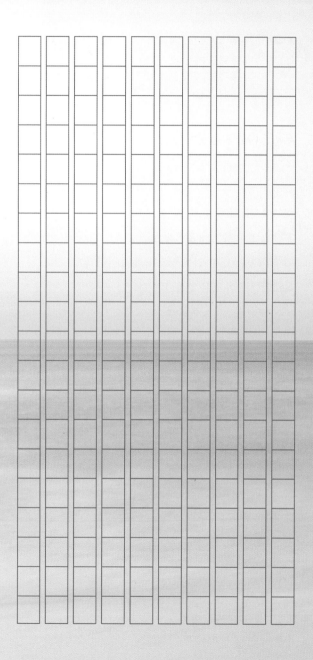

인생의 빈자리가 느껴질 때

무조건 하면 좋은 일이 있습니다.
무조건 해야 하는 일도 있습니다.
그것은 바로 독서입니다.
사그락사그락 책장 넘기는 소리와
은은한 종이 향기를 음미해 보세요.
텅 비어 있는 듯한 인생 창고를 채워 나가기에
독서만큼 좋은 것은 없습니다.

인생의 모든 취미 생활 중에 유익하고
재미있는 작품을 읽는 것보다
빈자리를 채우는 데 더 좋은 것은 없다.
조지프 애디슨

Of all the diversions of life, there is none so proper to fill up its
empty spaces as the reading of useful and entertaining authors.
Joseph Addison

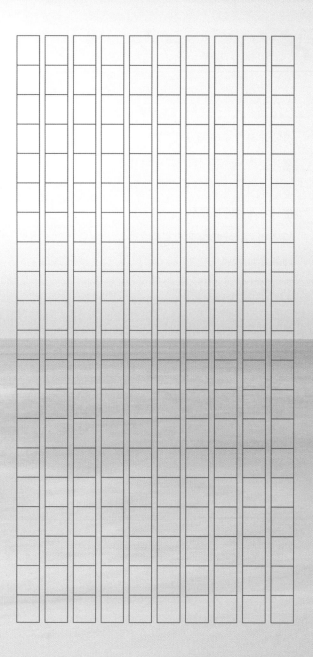

그냥 무작정 웃어요

그냥 무작정 웃어 보세요.

행복은 순서의 문제이기도 합니다.

묻거나 따지지 말고 그냥 웃어 보세요.

얼굴에 경련이 나도록,

때론 바보같이 느껴질 정도로.

때론 웃는 것만으로도

즐거워지는 때가 있습니다.

즐거워서 웃는 때가 있지만,

웃기 때문에 즐거워지는 때도 있다.

틱 낫 한

Sometimes your joy is the source of your smile,

but sometimes your smile can be the source of your joy.

Thich Nhat Hanh

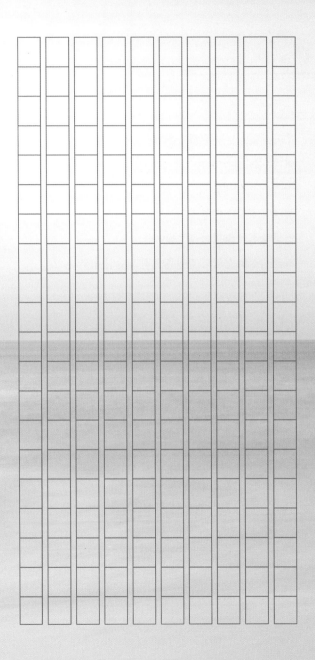

생각의 정원

우리에게는 누구에게나 생각의 정원이 있습니다.

어떤 이는 생각의 정원에 꿈의 씨앗을 뿌리고 가꾸어 나가고,

어떤 이는 정원을 방치해 둡니다.

생각의 정원을 어떻게 가꾸어 나가느냐에 따라

인생의 질과 행복이 결정됩니다.

지금 당신의 생각의 정원은 어떤 모습입니까?

모든 위대한 사람은 몽상가다. 우리 중 일부는 그런 대단한 꿈
이 사그라지게 놔두지만 어떤 사람들은 그것을 키우고 보호한
다. 그들은 그것을 힘겨운 날에도 돌보아, 꿈의 실현을 진심으
로 희망하는 자에게 언제나 찾아오기 마련인 햇빛과 불빛을 만
나게 한다.

우드로 윌슨

All big men are dreamers. Some of us let these great dreams die,
but others nourish and protect them. They nurse them through
bad days until they bring them to the sunshine and the light that
always comes to those who sincerely hope that their dreams will
come true.

Woodrow Wilson

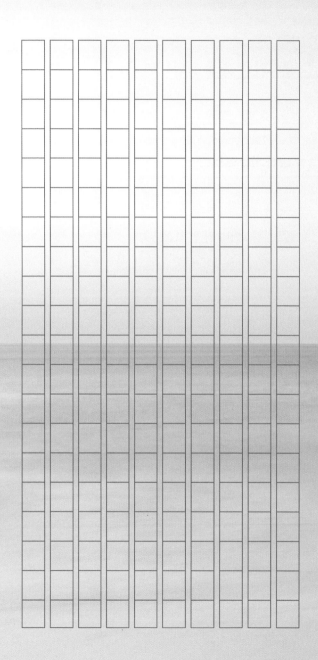

당신의 꿈을 응원합니다

꿈을 가진 사람들은
누구나 위대합니다.
다시 꿈을 가져 보세요!
우리는 누구나
행복한 몽상가가 될 수 있습니다.

낮에 꿈꾸는 사람들은 밤에만 꿈꾸는 사람들이
놓치는 수많은 것들을 깨달을 수 있다.
에드거 앨런 포

Those who dream by day are cognizant of many
things that escape those who dream only by night.
Edger Allen Poe

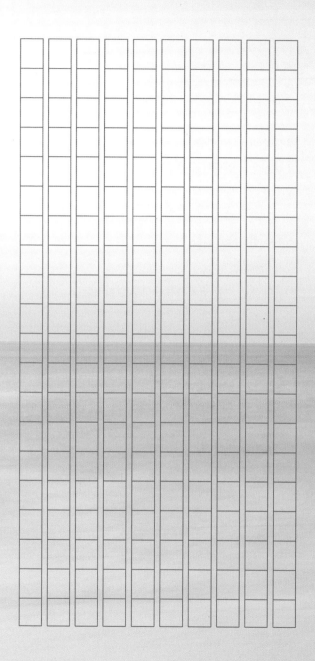

인생의 진짜 주인공

자신의 인생에서만큼은 자신이 조연일 필요가 없습니다.

우리는 우리 인생의 주인공이고,

내 인생에서만큼은 나를 중심으로 시간이 돌아갑니다.

내 인생의 진짜 주인공이 되기 위해서는

스스로 변해야 합니다.

잊지 마세요.

시간이 모든 것을 변화시켜 준다고 말하지만,

사실은 스스로 변해야 합니다.

사람들은 시간이 모든 것을 바꾸어 준다고 말하지만,
실제로는 당신 자신이 모든 것을 바꾸어야 한다.
앤디 워홀

They say that time changes things,
but you actually have to change them yourself.
Andy Warhol

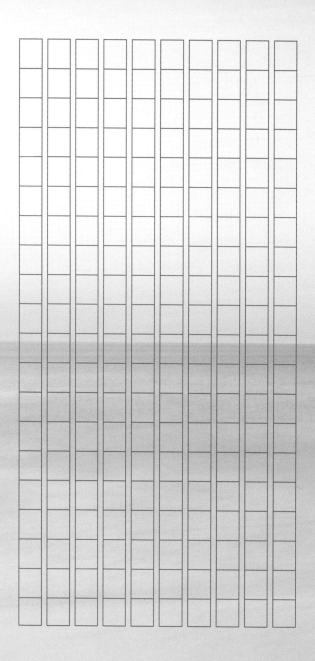

길을 잃지 않는다는 것은

낯선 길을 간다 해도
우리에게 나침반이 있다면
길을 잃을 염려는 없을 겁니다.
설령 우리가 불행하다 느낀다 해도
마음의 나침반이 행복을 가리켜 준다면
우리는 좀 더 쉽게 행복을 찾아낼 수 있을 겁니다.

마음을 담장 너머로 던져 넘기면
나머지는 저절로 따라 넘어가게 된다.
노먼 빈센트 필

Throw your heart over the fence and
the rest will follow.
Norman Vincent Peale

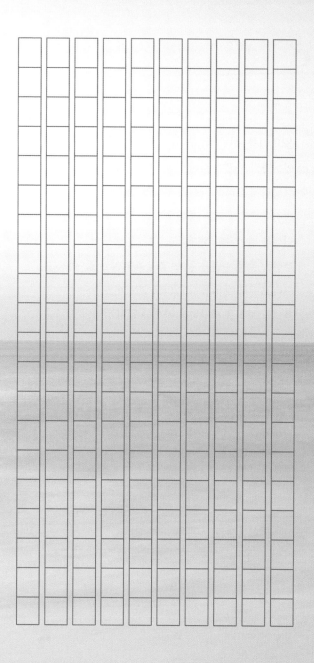

틀려도 괜찮습니다

옳고 그름, 선과 악, 우리는 언젠가부터
이분법적 사고에 갇혀 살고 있는지도 모르겠습니다.
그렇기에 우리는 자신의 선택이 틀릴까
전전긍긍하게 되는 경우가 많죠.
인생을 살아가며 하게 되는 많은 선택 속에
우리는 옳은 길만을 갈 수 없음을 알아야 합니다.
그리고 우리에겐 틀릴 권리도 있으며,
틀려도 자신을 사랑하는 자세를 잃지 말아야 합니다.

옳을 권리뿐만 아니라 틀릴 권리도 갖고 있음을 깨달을 때
아이는 어른이 된다.
토머스 사즈

A child becomes an adult when he realizes that he has a
right not only to be right but also to be wrong.
Thomas Szasz

고맙습니다

오늘을 감사로 채운다면,
그 감사의 힘은 우리를 일으키는 힘이 되어 줄 겁니다.

아침에 일어나면 일용할 양식이 있음과
살아 숨 쉬는 기쁨에 감사하라.
만약 기뻐해야 할 이유를 찾지 못한다면,
그 잘못은 모두 자신에게 있다.

테쿰세

When you arise in the morning,
give thanks for the food and for the joy of living.
If you see no reason for giving thanks,
the fault lies only in yourself.

Tecumseh

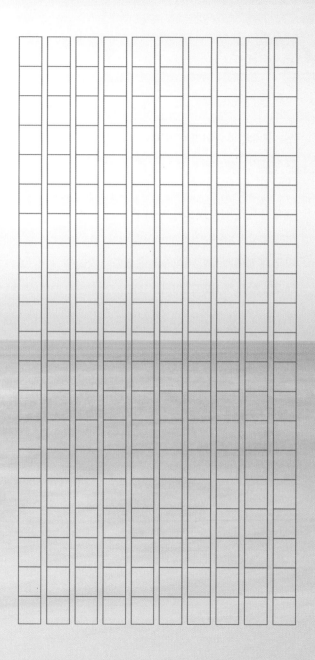

행복 제1법칙

행복해지기 위해 가장 먼저 해야 하는 일은
단순해지는 것입니다.
아무 일이 없었다는 듯이
다시 꿈꾸고, 다시 웃으며, 다시 행복해지려면,
어제의 상처 따위는 잊어버려야 합니다.
지금 내 곁에 행복할 기회가 놓여 있다는 것을 잊지 마세요.
그것이 행복 제 1법칙입니다.

꼼꼼하게 챙기다가 인생이 다 지나가 버린다.
단순하게 살아라. 단순하게 살아라.
헨리 데이비드 소로

Our life is frittered away by detail…
Simplify, simplify.
Henry David Thoreau

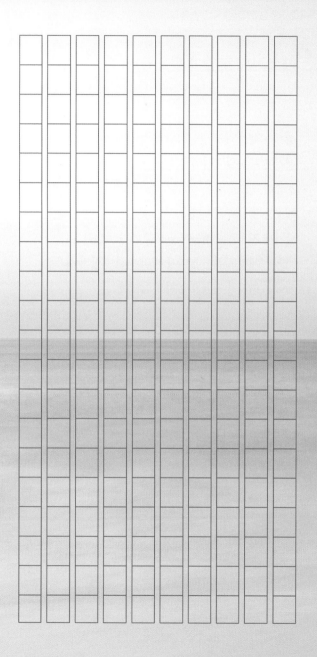

때로는 무모함이 필요합니다

짧은 인생 앞에서 망설이지 마세요.

생각에 생각을 거듭하며

신중한 태도로 삶을 대하는 것도 좋지만

때로는 많은 생각보다

당차게 저지르는 행동이 필요할 때가 있습니다.

기회는 새와도 같아 날아가 버리기 전에 잡지 않으면

생각만 하다가 기회를 놓치게 됩니다.

인생은 우리가 제 옷깃을 부여잡고

"나랑 너랑 같이 해 보는 거야. 자, 가자." 하고

말해 주는 것을 좋아한다.

마야 안젤루

Life loves to be taken by the lapel and told:

"I am with you kid. Let's go."

Maya Angelou

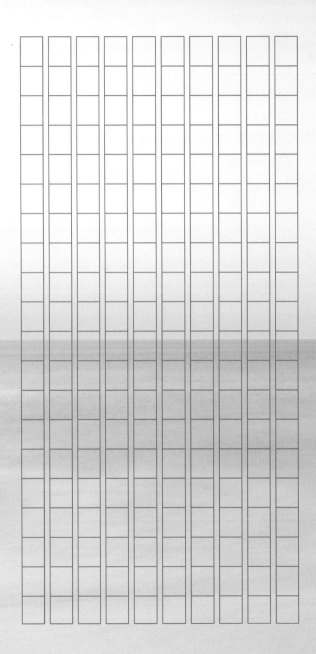

그냥 행복하고 싶다면

잠시 걸음을 멈추고 주변을 둘러보세요.

열심히 살고 있는 건지,

어디로 가는 건지 따위는 잠시 잊어버려도 좋습니다.

그냥 지금 내가 느낄 수 있는 행복의 감정들을 끌어모아

자신에게 선물해 보세요.

거창한 선물이 아니더라도 그냥 손끝으로 느껴지는 행복을

선물해 보는 겁니다.

때로는 행복을 쫓는 것을 잠시 멈추고
그냥 행복을 느껴 보는 것도 좋다.
기욤 아폴리네르

Now and then it's good to pause in our pursuit of happiness and
just be happy.
Guillaume Apollinaire

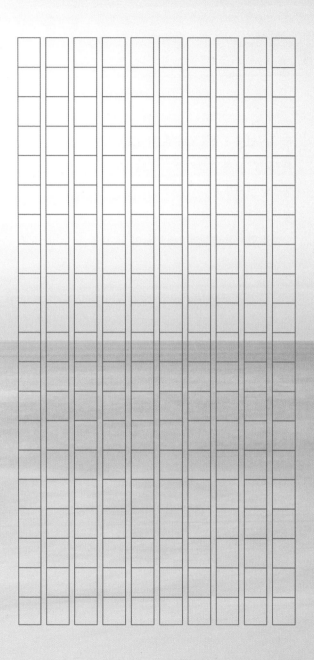

행복의 시작

우리는 언제나 행복으로 무장을 하고 있어야 합니다.
하지만 그 행복의 크기가 크지 않아도,
행복의 무게가 무겁지 않아도 괜찮습니다.
행복은 단 몇 방울만으로도 우리를 비롯해
주변을 화사하고 특별하게 만들어 줍니다.

행복은 내 몸에 몇 방울 떨어뜨려 주어야만
남에게 묻혀 줄 수 있는 향수 같은 것이다.
랄프 왈도 에머슨

Happiness is a perfume you cannot pour on
others without getting a few drops on yourself.
Ralph Waldo Emerson

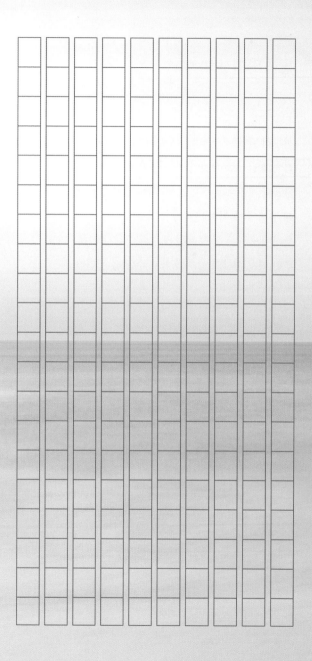

행복을 위한 과제

천사의 날개는
겸손과 감사로 뒤덮여 하늘 높이 날 수 있게 만들고,
탐욕과 자만으로 뒤덮인 날개를 가진 악마는
제 무게에 못 이겨 추락하고 맙니다.
우리에게 남은 삶의 시간을 겸손과 감사로 채운다면
우리 역시 천사의 날개를 가질 수 있을 겁니다.

천사는 자신을 가벼운 존재로 낮추므로 날 수 있다.
악마는 제 무게에 못 이겨 추락한다.

길버트 키이스 체스터턴

Angels can fly because they take themselves lightly;
devils fall because of their gravity.
Gilbert Keith Chesterton

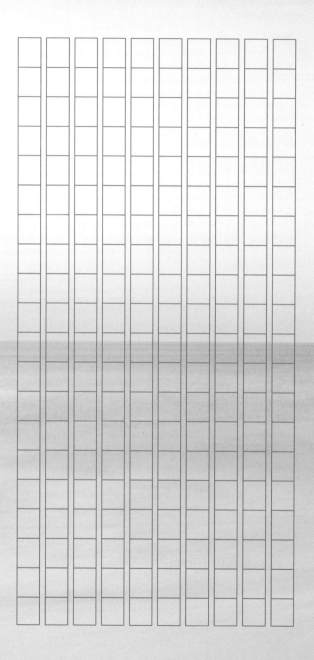

오늘을 채워야 하는 것

꿈의 냄새를 아시나요?
꿈의 냄새는 쉽게 맡을 수는 없지만
한 번 맡게 되면 절대 잊을 수 없다고 합니다.
오직 오늘을 꿈으로만,
꿈의 냄새로만 채워 보는 건 어떨까요?

꿈에 열광하고 꿈에 흥분하라. 이런 흥분은 산불과 같아서,
1마일이 떨어진 곳에서도 냄새 맡고 맛보고 볼 수 있다.
데니스 웨이틀리

Get enthusiastic and excited about your dreams.
This excitement is like a forest fire,
you can smell it, taste it, and see it from a mile away.
Denis Waitleys

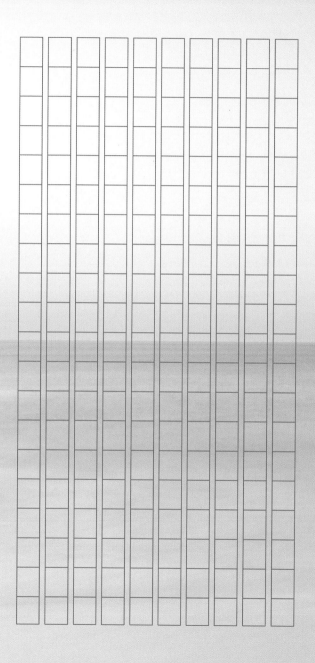

/ 두 번째 마음 /

사랑 그리고 기적

어떤 날에는 사랑이 필요했다.
그것이 기적임을 알기에
더 큰 사랑을 원하는 날도 많았다.

생각해 보면
사랑은 누군가에게서 오는 게 아니라
스스로에게 오는 것이었다.

당신에겐 오늘도
행복할 자격이 있다

66   99

다시 스마일

우리는 모두 행복해질 자격이 있습니다.

혹독한 삶의 풍파 속에 미소 짓는 일마저 잊어버렸다면,

슬며시 미소 지어 보세요.

특별히 웃을 일이 없어도 괜찮습니다.

자주 웃다 보면 웃을 일이 자꾸 생길 거예요.

웃음은 얼굴에서 겨울을 몰아내는 태양이다.
빅토르 위고

Laughter is the sun that drives winter from the human face.
Victor Hugo

행복은 채우는 것

부족한 부분을 인정하고,
모자라는 부분을 조금씩 채워나가는 것이
행복입니다.
자신의 부족함을 깨닫고 조금씩 채워가다 보면
어느새 행복은 자신의 발치에 와 앉아 있을 겁니다.

모자라는 부분을 채워가는 것이 행복이다.
로버트 프로스트

Happiness makes up in height for what it lacks in length.
Robert Frost

행복은 가까이에 있습니다

행복은 집안 곳곳에도 숨어 있습니다.

행복은 생각보다 가까이에 있죠.

날이 좋은 날엔 따스한 햇살 냄새가

빨래에 고스란히 담겨 좋고,

비가 오는 날엔 길을 적시는 비 내음이 좋죠.

매일 일상 속에서 행복이라는 보물을 하나씩 찾아보세요.

어리석은 자는 멀리서 행복을 찾고,

현명한 자는 자신의 발치에서 행복을 키워간다.

제임스 오펜하임

The foolish man seeks happiness in the distance,

the wise grows it under his feet.

James Oppenheim

마음이 가는 대로

행복해지기 위해 조건 따위는 필요하지 않습니다.
심호흡을 한 뒤,
땀이 범벅이 될 정도로 춤을 춰 봐도 좋습니다.
특별한 날이 아니어도 그냥 느껴지는 대로,
마음이 가는 대로 행복을 만끽해 보세요.

심호흡을 한 뒤 신발을 벗어 던져 버린 채
춤을 출 수 있는 기회는 날마다 온다.
오프라 윈프리

Every day brings a chance for you to draw in a breath,
kick off your shoes, and dance.
Oprah Winfrey

당신은 할 수 있습니다

기적은 행운이 따르는 특정한 사람이나,
타인에게 얻는 것이 아닙니다.
누구나 자신의 인생 속 기적을 만들어 내는
연금술사가 될 수 있습니다.

강인하고 긍정적인 태도는 그 어떤 특효약보다
더 많은 기적을 만들어 낸다.

패트리샤 닐

A strong positive mental attitude will create more miracles than
any wonder drug.

Patricia Neal

기쁨은 우리 안에 있습니다

어떤 이들은 삶의 기쁨을 일과 성공에서 찾으려 하고,

어떤 이들은 명예와 성공 안에서,

때론 타인의 시선과 인정 안에서 찾고자 합니다.

그러나 잊지 말아야 합니다.

기쁨의 젖줄은 바로 자신 안에 존재한다는 것을.

기쁨은 사물 안에 있지 않다.

그것은 우리 안에 있다.

리하르트 바그너

Joy is not in things. It is in us.

Richard Wagner

기뻐하기에도 부족한 것이 삶

오늘을 기쁨 이외의 것에 낭비하지 마세요.
매일을 기쁨으로만 채워도 인생은 부족합니다.

기쁨은 기도이다.
기쁨은 힘이다.
기쁨은 사랑이다.
기쁨은 영혼을 붙잡을 수 있는 사랑의 그물이다.
마더 테레사

Joy is prayer
Joy is strength
Joy is love
Joy is a net of love by which you can catch souls.
Mother Teresa

오늘을 격렬하게 사랑하세요

오늘은 내일의 또 다른 말일지도 모릅니다.

오늘 내가 무엇을 하느냐가 내일을 결정합니다.

오늘을 망치게 되면, 내일 역시 망가집니다.

그렇기에 오늘, 이 시간을

그 누구보다 격렬하게 사랑해야 합니다.

오늘을 붙잡아라. 철저하게 즐겨라. 다가오는 오늘을. 찾아오는 사람들을… 나는 과거가 있기에 현재에 감사할 수 있다고 생각한다. 공연히 미래를 걱정해서 현재를 조금이라도 망치고 싶진 않다.

오드리 햅번

Pick the day. Enjoy it - to the hilt. The day as it comes. People as they come… The past, I think, has helped me appreciate the present - and I don't want to spoil any of it by fretting about the future.

Audrey Hepburn

행복을 위한 공간

세상에는 돈으로 절대 살 수 없는 것들이 있습니다.

솔로몬이 신에게 간절히 간청했던 지혜와 명예롭게 사는 법,

사람의 마음이 그러합니다.

지혜와 명예, 용맹함, 사랑과 우정…

만약 이들 중 하나라도 당신 곁을 지키고 있다면

당신은 참으로 행복한 사람입니다.

진정 행복하다고 부를 수 있는 사람은 부자가 아닌, 신의 축복을 지혜로 사용할 줄 알고, 극심한 가난을 견뎌낼 줄 알며, 죽음보다 불명예를 두려워하고, 소중한 친구나 조국을 위해 죽는 것을 두려워하지 않는 사람이다.

호라티우스

It is not the rich man you should properly call happy, but him who knows how to use with wisdom the blessings of the gods, to endure hard poverty, and who fears dishonor worse than death, and is not afraid to die for cherished friends or fatherland.

Horace

지금도 늦지 않았습니다

모든 사람의 오늘은
매일 하얀 새 종이로 시작합니다.
새로운 것을 시작하기에
늦음이란 존재하지 않습니다.

하얀 새 종이가 눈앞에 있으면
우리는 그 위에 어떤 이야기든 펼칠 수 있다.
라이너 마리아 릴케

We see the brightness of a new page where everything yet can happen.
Rainer Maria Rilke

불안을 넘어설 용기

삶을 갉아먹는 마음의 알레르기, 불안.

아무리 멀리하려 해도

시시때때로 찾아오는 불안과 마주할 때

자신의 본모습과 마주하게 되는지도 모르겠습니다.

그러나 불안을 넘어설 용기만 있다면

분명 진정한 해답을 찾을 수 있을 겁니다.

몹시 심란하거나 불행하다고 느낄 때, 혹은 실패할지 모른다는 걱정에 젖어 있을 때 가장 소중한 순간과 마주할 가능성이 높다. 불안감에 휩싸일 때 비로소 남에게 의지하는 태도에서 벗어나 다른 길을 찾거나 진정한 해답을 모색하기 때문이다.

M. 스코트 펙

The truth is that our finest moments are most likely to occur when we are feeling deeply uncomfortable, unhappy, or unfulfilled. For it is only in such moments, propelled by our discomfort, that we are likely to step out of our ruts and start searching for different ways or truer answers.

M. Scott Peck

잠시 생각을 멈춰야 할 때

마음의 평화를 얻는 방법은

자기 자신과 타협하는 것입니다.

또한 그것은 자신을 사랑해야 가능합니다.

평화를 원한다면, 싸움을 멈춰라.

마음의 평화를 원한다면,

자신의 생각과의 싸움을 멈춰라.

피터 맥 윌리엄스

If you want peace, stop fighting.

If you want peace of mind,

stop fighting with your thoughts.

Peter Mc Williams

믿음의 마술

우리의 삶은 우리가 생각한 대로 이루어집니다.

행복한 상상은 내일을 행복한 기운으로 채우고,

걱정으로 채워진 오늘은 내일을 불행하게 만듭니다.

절대 잊지 마세요.

지금 우리의 생각이 내일을,

내일 우리의 모습을 결정합니다.

상상할 수 있는 것은 모두 실제로 있다.

파블로 피카소

Everything you can imagine is real.

Pablo Picasso

무작정 여행을 떠나 보세요

아주 가끔은, 무작정,
마음의 짐일랑 모두 훌훌 던져 버리고
훌쩍 떠나 보세요.

두렵고 외롭고 불행한 사람들에게 가장 좋은 치유 방법은 하늘, 자연, 그리고 신과 더불어 홀로 조용한 시간을 가질 수 있는 곳을 찾아가는 것이다. 그렇게 할 때 비로소 자연의 순수한 아름다움 속에서 신은 우리가 행복하기를 바라며 모든 것이 조화롭게 어우러진다는 것을 알 수 있기 때문이다.

안네 프랑크

The best remedy for those who are afraid, lonely or unhappy is to go outside, somewhere where they can be quiet, alone with the heavens, nature and god. Because only then does one feel that all is as it should be and that God wishes to see people happy, amidst the simple beauty of nature.

Anne Frank

오늘이 인생의 마지막인 것처럼

우리는 인생의 마지막 날을
어떤 모습으로 맞이하게 될까요?
인생의 마지막 날은 언제든지 올 수 있습니다.
그렇기에 우리는 오늘이 인생의 마지막 날인 것처럼
살아야 합니다.

당신이 태어났을 때 당신은 울고, 세상은 기뻐했다.
당신이 죽을 때는 세상은 울고
당신은 웃을 수 있는 삶을 살아야 한다.

화이트 엘크

When you were born, you cried and the world rejoiced;
live your life so that when you die, the world cries and you
rejoice.

White Elk

가장 먼저 사랑해야 하는 것

우리는 먼저 자신에게 너그러워질 필요가 있습니다.

자신을 가장 많이 사랑해야 다른 사람을 사랑할 수 있습니다.

아무리 못난 자신일지라도,

자신의 모습에 실망하고 있다 하더라도,

그 어떤 순간에도 자신을 가장 먼저

그리고 많이 사랑해 주세요.

우리는 모두 약점과 오류투성이이므로
우리의 못난 점들을 서로 용서하자.
이것이 자연의 제1법칙이다.

볼테르

We are all full of weakness and errors;
let us mutually pardon each other our follies;
it is the first law of nature.

Voltaire

행복도 선택입니다

삶의 모든 것이 선택의 연속입니다.

행복도 마찬가지입니다.

행복해지고자 마음먹는 순간,

행복은 찾아오죠.

당신은 오늘 어떠한 선택을 하고 있습니까?

당신의 운명이 결정되는 것은 결심하는 그 순간이다.
앤서니 로빈스

It is in the moment of decisions that your destiny is shaped.
Anthony Robbins

불가능은 없습니다

아무리 불가능할 것 같은 일도
당신은 해낼 수 있습니다.
지금까지 당신이 그러했던 것처럼.

꼭 해야 할 일부터 시작하라. 그 다음은 할 수 있는 일을 하라.
그러다 보면 어느 순간 자신이 불가능하다고 생각했던 일을
해내고 있음을 알게 될 것이다.
성 프란체스코

Start by doing what's necessary,
then what's possible,
and suddenly you are doing the impossible.
St. Francis

마음의 크기만큼 이루어집니다

우리는 누구나 행복할 수 있습니다.
다만 그것을 깨닫지 못하기 때문에
불행하다 느끼는 것이지요.
모든 것이 자신의 마음 크기만큼
느껴지고, 이루어집니다.
마법과 같이.

대부분의 사람은 마음먹은 만큼 행복하다.
에이브러햄 링컨

Most people are about as happy as they make up their minds to
be.
Abraham Lincoln

지금도 충분히 아름답습니다

진정한 아름다움은

누구에게나 허락되는 것이 아닙니다.

진정한 아름다움이란 지혜를 가진 자의 몫입니다.

실패와 좌절을 딛고 일어서야만이 지혜를 얻을 수 있습니다.

그래서 당신은 지금도 충분히 아름답습니다.

연륜이 쌓여 갈 때 비로소
그 사람의 진정한 아름다움을 알 수 있다.
아누크 에메

You can only perceive real beauty in a
person as they get older.
Anouk Aimée

／ 세 번째 마음 ／

감사 그리고 선물

인생에서 시간이 넘쳐 난다고 생각할 때가 있었다.
내일이라는 이름이 당연하다고 여길 때가 있었다.

하지만 시간도, 내일도 멈출 수 있다는 것을 알았을 때,
나는 감사를 배웠다.

행복해질 시간이야

뭘 망설여?

66   99

_____

행복을 찾는다면

신은 인간에게 똑같은 크기의 행복을 선물했습니다.

그럼에도 어떤 이는 행복하고, 어떤 이는 불행하죠.

행복과 불행을 결정하는 것은 바로 자신입니다.

행복은 자신의 마음에서 출발합니다.

한 곳에서 불만인 사람이 다른 곳에서 행복해지지는 않는다.

이솝

He that is discontented in one place
will seldom be happy in another.

Aesop

오늘의 시간을 왕처럼

시간 앞에서는 모든 사람이 평등합니다.
사람이 유일하게 조절할 수 있는 시간은 오직,
지금 이 순간밖에는 없습니다.
어제에 대한 후회와 내일에 대한 걱정으로
오늘을 망친다면, 내일은 또 다른
불행 속에 살아야 합니다.

군자는 마음이 평안하고 차분하나,
소인은 항상 근심하고 걱정한다.
공자

The superior man is satisfied and composed;
the mean man is always full of distress.
Confucius

행복은 신기루와 같은 것이 아닙니다

행복은 절대 행운의 징표로 출발하지 않습니다.
행복은 늘 한결같이 우리의 곁을 지키고 있습니다.
행복은 한순간에 거품처럼 사라지는 비눗방울이 아닙니다.
늘 곁에 있으나 소중함을 잊고 사는 산소와 같은 것입니다.

제비 한 마리가 왔다고 여름이 온 것은 아니요,
날씨가 하루 좋았다고 여름이 온 것은 아니다.
이와 마찬가지로, 하루 또는 짧은 시간의 행복이
그 사람을 완전히 행복하게 하는 것은 아니다.

아리스토텔레스

One swallow does not make a summer,
neither does one fine day;
similarly one day or brief time of happiness does not
make a person entirely happy.

Aristotle

행복의 결정권

다른 사람에게
당신의 행복을 결정할 결정권을 주지 마세요!
내 행복을 결정지을 자격은 오로지 나에게만 있습니다.
오늘부터 자기 자신에게
인정받는 자신이 되기 위해서만 사세요.
그것이 진정한 행복으로 가는 지름길입니다.

외부로부터 갈채만 구하는 사람은
자기의 모든 행복을 타인에게 맡기고 있다.
데일 카네기

The person who seeks all their applause from outside
has their happiness in another's keeping.
Dale Carnegie

삶의 속도를 줄여야 할 때

속도를 줄여야 보이는 것들이 있습니다.

그리고 그것은 비단 자연 경관만이 아닐 겁니다.

지금 당신은 몇 킬로미터로 달리고 있나요?

인생에서 중요한 것은 속도가 아니라 방향입니다.

속도를 줄이고 인생을 즐겨라.

너무 빨리 가다 보면 놓치는 것은 주위 경관뿐이 아니다.

어디로 왜 가는지도 모르게 된다.

에디 캔터

Slow down and enjoy life.

It's not only the scenery you miss by going too fast

you also miss the sense of where you are going and why.

Eddie Cantor

행복할 기회

잊지 마세요.

우리에게 행복할 기회는 언제나 열려 있습니다.

행복의 한 쪽 문이 닫힐 때, 다른 한 쪽 문은 열린다.
하지만 우리는 그 닫힌 문만 오래 바라보느라
우리에게 열린 다른 문은 못 보곤 한다.

헬렌 켈러

When one door of happiness closes, another one opens;
but often we look so long at the closed door that
we do not see the one which has opened for us.

Helen Keller

행복과의 거리

행복은 아주 가까이에 있기는 하지만
행복해지기만을 위해 사는 사람은
오히려 행복해질 수 없습니다.
행복을 쫓기보다 자신에게 주어진 삶을,
매일 만나는 사람들을,
자신의 주변 사람들을 먼저 사랑해 주세요.

낙원의 파랑새는 자신을 잡으려 하지 않는
사람의 손 위에 날아와 앉는다.

존 베리

The bird of paradise alights only upon the hand that does not
grasp.

John Berry

쏟은 물은 닦아 낼 수 있습니다

비록 어제와 같은 실수를 오늘 반복한다 해도,

그것 때문에 오늘을 망치진 말아야 합니다.

쏟은 물은 닦아 낼 수 있지만,

우울로 물들어 버린 오늘의 시간은 다시 돌아오지 않습니다.

지난 일은 어쩔 수 없는 바 슬퍼한들 이미 엎질러진 물이다.

윌리엄 셰익스피어

What's gone and what's past help, should be past grief.

William Shakespeare

화는 비싼 사치일 뿐

화를 내는 것만큼 쉬운 일도 없습니다.

매일 행복할 수는 없으니까요.

하지만 화를 내는 것은 자신에게 독이 되고,

결국 손해로 돌아옵니다.

행복해질 수 있는 방법 중 하나는

매일 조금씩 화를 덜 내는 것일지도 모르겠습니다.

화를 내는 것은 비싼 사치다.

이탈리아 속담

Anger can be an expensive luxury.

Italy Proverb

화를 붙잡고 있지 마세요

만약 단 한 번뿐인 오늘을 화로 채우고 있다면,

화는 반드시 화낸 사람에게

되돌아온다는 사실을 잊지 말아야 합니다.

무엇보다 화를 내며 보내기엔 오늘은 너무 짧습니다.

화를 붙들고 있는 것은 누군가에게 던질 작정으로

뜨거운 석탄을 손에 쥐고 있는 것과 같다.

그것에 데는 것은 바로 자신이다.

부처

Holding on to anger is like grasping

a hot coal with the intent of throwing it at someone else;

you are the one who gets burned.

Buddha

일상 속 온기를 즐기세요

주먹을 꼭 쥐고 있으면 곁에 있는 이와 손을 잡을 수도,
따스한 커피의 온기를 즐길 수도 없습니다.
잠시 잠깐이라도 몸에 힘을 빼고,
일상 속 여유를 찾아보세요.

주먹을 쥐고 있으면 악수를 나눌 수 없다.
인디라 간디

You can't shake hands with a clenched fist.
Indira Ghandhi

실패는 다른 의미의 행복

진정으로 두려워해야 하는 것은

같은 실패를 반복하지 않는 것입니다.

새로운 실패 앞에서는 절대 주눅 들지 마세요.

실패는 다르게 말하면 경험입니다.

나는 실패한 것이 아니다.

다만 쓸모없는 방법을 만 가지나 찾아냈을 뿐이다.

토머스 에디슨

I have not failed.

I've just found 10,000 ways that won't work.

Thomas Edison

자신에게 충실한 삶

우리는 다른 사람의 시선에 맞춰 기준을 만들고
타인의 기준에 맞춰 살아갑니다.
그러나 타인의 시선을 의식하며 사는 삶이 행복할까요?
내 인생 항로의 키잡이를 타인에게 맡기지 마세요.
자신을 사랑하며, 자신의 감정에 충실하며 살아가기에도
오늘은 부족합니다.

나는 누가 나를 칭찬하거나 비난하든 개의치 않는다.
나는 다만 내 감정에 충실할 뿐이다.
볼프강 아마데우스 모차르트

I pay no attention whatever to anybody's praise or blame.
I simply follow my own feelings.
Wolfgang Amadeus Mozart

삶이 선물이 되려면

좋은 말, 칭찬만 해도 부족한 오늘입니다.
그렇기에 절대 해서는 안 되는 말이 있습니다.

그리고 잊지 마세요.
나쁜 말은 결국 자신에게 다시 돌아온다는 것을요.

비꼬는 것은 부드러운 말로도 하지 말고,
비웃음은 마귀에게라도 보이지 마라.
바첼 린지

Never be a cynic, even a gentle one.
Never help out a sneer, even at a devil.
Vachel Lindsay

불만 없는 삶이란

인생에 어떠한 규칙도 없으나,

자신의 운명을 절대 남의 손에 맡기지 말아야 합니다.

불만으로 오늘을 채워가기엔 인생은 너무도 짧습니다.

불만에 찬 말을 본 적이 있는가? 울적한 새를 본 적이 있는가? 새나 말이 불행하지 않은 것은 다른 새나 말에게 잘 보이려고 애쓰지 않기 때문이다.

데일 카네기

Did you ever see an unhappy horse? Did you ever see a bird that had the blues? One reason why birds and horses are not unhappy is because they are not trying to impress other birds and horses.

Dale Carnegie

그래도 봄은 옵니다

지금 이 순간이 혹독한 추위의 겨울이라 해도,
봄은 결국 옵니다.
겨울의 추위 속에서는 어떠한 마침표도 찍지 마세요.
추위가 아무리 혹독할지라도 겨울은 곧 지나갑니다.

겨울철에는 절대 나무를 자르지 마라.
힘겨운 상황에 처했을 때는 부정적인 결정을 내리지 마라.
침울할 때 중요한 결정을 내리지 마라.
기다려라. 인내하라. 폭풍은 지나갈 것이다.
그리고 봄은 올 것이다.
로버트 H. 슐러

Never cut a tree down in the wintertime.
Never make a negative decision in the low time.
Never make your most important decisions when you are in your
worst moods.
Wait. Be patient. The Storm will pass.
The spring will come.
Robert H. Schuller

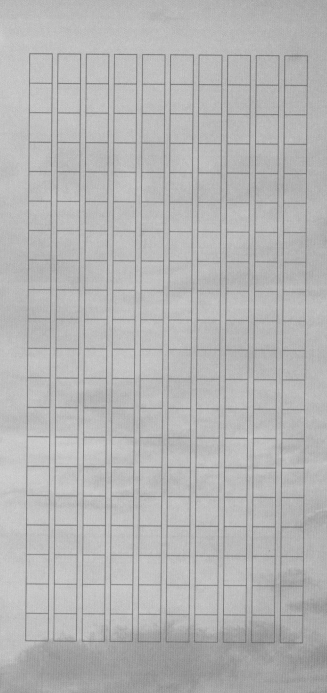

슬픔을 마주한다면

인생을 살다 보면 여러 종류의 슬픔과 마주합니다.

피하려 해도 피할 수 없는 순간도 있게 마련이죠.

그러나

슬픔에 시간을 빼앗겨 비탄에 빠져드는

패배자가 되지는 말아요. 우리.

슬퍼하는 것은 일시적인 아픔이지만,
비탄에 빠져드는 것은 일생일대의 실수다.
벤저민 디즈레일리

Grief is the agony of an instant,
the indulgence of grief the blunder of a life.
Benjamin Disraeli

절대 포기하지 마세요

어떤 도전이든 고통은 따릅니다.

도전의 고통은 어느 순간 잦아들지만

고통 때문에 선택한 포기는

자신의 인생에 씻기 힘든 오점으로 남습니다.

고통은 금세 사라지지만 포기는 영원히 남는다.

랜스 암스트롱

Pain is temporary. Quitting lasts forever.

Lance Armstrong

운명은 당신 편입니다

자신감을 갖는 것은 최고의 명품을 가지는 것과 같습니다.

매일 자신감으로 무장하세요.

자신감으로 무장한 사람을 이길 수 있는 것은 없습니다.

자신감만 갖는다면 운명은 항상 당신 편입니다.

만일 스스로에 대해 자신감을 잃으면,

온 세상이 나의 적이 된다.

랄프 왈도 에머슨

If I have lost confidence in myself,
I have the universe against me.

Ralph Waldo Emerson

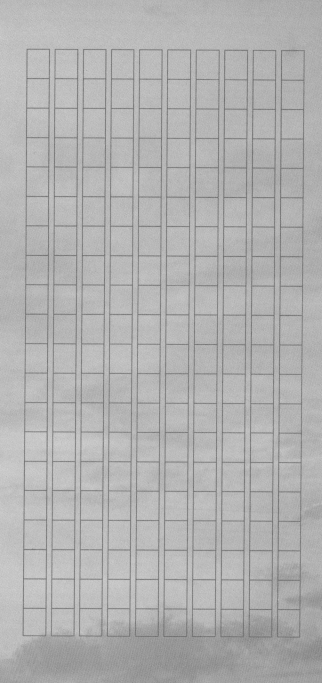

희망과 꿈에 청하는 조언

두려움은 항상 속삭입니다.

아무것도 할 수 없다고, 아무것도 할 필요가 없다고.

그러나 두려움을 갖는 것도 습관입니다.

매번 두려움의 속삭임에 굴복한다면

어떠한 기적도 기대할 수 없습니다.

그리고 그 기적은 희망과 꿈에서

출발한다는 것을 명심하세요.

두려움이 아닌 희망과 꿈의 조언을 구하라.

좌절에 대해 생각하지 말고

채워지지 않은 잠재력에 대해 생각하라.

시도했다가 실패한 것을 신경 쓰지 말고

여전히 가능한 것에 관심을 가져라.

교황 요한 23세

Consult not you fears, but your hopes and your dreams.
Think not about your frustrations, but about unfilled potential.
Concern yourself not with what you have tried and failed and
failed in, but for what is still possible for you to do.

Pope John XXIII

／ 네 번째 마음 ／

꿈 그리고 용기

오늘도 열심히 살았잖아!
오늘도 열심히 달렸잖아!

그럼 된 거다.
내가 다 아니까.

특별하지 않아도 괜찮아

내가 나를 믿으니까

"
"

매일 최고의 시간을 가지세요

'음악' 이라는 힘은 참 묘해서,

따분하게 느껴지는 일상도

진주처럼 빛나게 만들어 주곤 합니다.

단 1분이라도 괜찮습니다.

노래 한 곡, 시 한 편, 그 무엇이라도 상관없어요.

당신을 위한 최고의 시간을 가져 보세요.

누구나 매일 최소한 한 번은 감미로운 음악을 듣고,

아름다운 시를 읽고, 훌륭한 그림을 감상하며,

한마디라도 좋은 말을 해야 한다.

요한 볼프강 폰 괴테

One ought, every day at least, to hear a little song,

read a good poem, see a fine picture and, if possible,

speak a few reasonable words.

Johann Wolfgang von Goethe

사랑은 늘 옳습니다

사랑 앞에서만은 열등감 따위는 필요하지 않습니다.

사랑 앞에서는 불쌍한 사람도 존재하지 않습니다.

무엇이든 무조건 뜨겁게 사랑해 보세요.

사랑은 당신을

세상의 어떤 보석보다 아름답게 만들어 줄 겁니다.

사랑받는 이들 중에서 불쌍한 사람이 있는가?

오스카 와일드

Who, being loved, is poor?

Oscar Wilde

가슴 뛰게 하는 삶

많은 사람들이 좋아하는 일만을 고집하며
많은 시간을 허비하곤 합니다.
그것이 가슴 뛰는 삶이라고 생각하기 때문이죠.
그래서 때로는 자신의 일을 자연스레 받아들이며
묵묵히 해 나가는 사람을 무시하기도 합니다.
그러나 어느 순간에는 깨닫게 되겠죠?
가슴 뛰게 하는 삶이란,
꼭 해야만 하는 일을 묵묵히 받아들인
사람들의 몫이란 걸 말이죠.

행복의 비밀은 자신이 좋아하는 일을 하는 것이 아니라
꼭 해야 하는 일을 좋아하는 것이다.
제임스 매튜 베리

The secret of happiness is not in doing what one likes,
but in liking what one has to do.
James M. Barrie

삶의 만족도를 높이려면

행복을 발견하는 방법은 아주 쉽습니다.

오늘은 그 어떤 하루보다 많이 웃고, 사랑해 보세요.

행복은 절대 멀리 있지 않습니다.

그리고 진정 성공한 사람은 행복을 가까이에

둘 줄 아는 사람입니다.

멋지게 살고, 자주 웃고, 사랑을 많이 한 사람이
진정 성공한 사람이다.

베시 스탠리

He has achieved success if he has lived well, laughed often,
and loved much.

Bessie Stanley

추억 에너지로 충전하세요

사람은 밥만으로 살지 않고, 추억을 기억하며 삽니다.
당신의 추억들은 잘 보관되어 있습니까?
혹시 자신의 시간들을
깜깜한 컴퓨터 속에 가두고 있는 건 아닌가요?
지금 당신의 추억들은 잘 보관되어 있습니까?

모든 행복한 순간을 소중히 간직하라.
노후에 훌륭한 대비책이 된다.
크리스토퍼 몰리

Cherish all your happy moments:
they make a fine cushion for old age.
Christopher Morley

가장 먼저 해야 할 일

매일 다른 사람을 칭찬해 보세요.

아무리 보기 싫은 사람이라도 장점을 발견할 수 있을 겁니다.

티끌 같은 장점이라도 상관없습니다.

곁에 있는 사람들이 행복해지면,

행복은 몇 배로 커져 돌아올 겁니다.

자신의 기운을 북돋우는 가장 좋은 방법은
다른 사람의 기운을 북돋워 주는 것이다.
마크 트웨인

The best way to cheer yourself up is to try to
cheer somebody else up.
Mark Twain

녹록하지 않은 삶일지라도

어느 순간에나 자신에게 이렇게 말해 주세요.

"나는 사랑받을 자격이 있으며,

삶이 녹록하지 않을지라도 힘을 내며 살아내야 한다"고.

시간이 지나면 곧 알게 됩니다.

그 응원이, 그 용기가 얼마나 고마웠는지를요.

사는 것은 누구에게나 녹록하지 않다. 그래서 어쩌란 말인가?
우리는 끈기를 가져야 하며, 무엇보다 자기 자신을 믿어야 한
다. 우리는 모두 무엇인가를 할 수 있는 재능을 타고났으며,
이 재능은 어떤 값을 치르더라도 반드시 살려야 한다고 확신
해야 한다.

마리 퀴리

Life is not easy for any of us. But what of that? We must have
perseverance and above all confidence in ourselves. We must
believe that we are gifted for something, and that this thing, at
whatever cost, must be attained.

Marie Curie

비워야 채울 수 있습니다

사람의 마음도 가끔씩 대청소가 필요합니다.

먼지를 훌훌 털어 내고,

물걸레로 보송보송하게 닦아 내는 시간.

묵은 짐들을 들어내야 새로운 것들이 자리를 찾듯,

사람의 감정도 미움이든, 사랑이든

비워 내야 채울 수 있습니다.

그리고 아주 가끔은 멍하니 앉아

펑펑 울어 보는 것도 방법인 듯합니다.

실컷 울고 나면 마음이 한결 가벼워진다.

유대인 속담

A good cry lightens the heart.

Jews proverb

언제나 승자처럼

세상에는 말도 안 되는 상황을 딛고
기적 같은 일을 일구어낸 사람들이 많습니다.
지금 자신의 능력을,
혹은 주어진 환경만을 탓하며 지내진 않습니까?
자신을 믿고, 언제나 승자인 것처럼
앞으로 한 발짝씩 걸어가 보세요.
이제 기적의 주인공은 당신입니다.

속마음이 어떻든 간에 항상 승자처럼 보이도록 노력하라. 비
록 남보다 뒤처지더라도 계속 자신 있고 당당해 보이는 모습
을 잃지 않으면 승리를 가져다 줄 정신적인 힘이 생길 것이다.
아서 애시

Regardless of how you feel inside, always try to look like a
winner. Even if you are behind, a sustained look of control and
confidence can give you a mental edge that results in victory.
Authur Ashe

지혜의 힘

'조커' 라는 특별한 카드가 있습니다.
트럼프 게임에서 조커는 특별한 힘을 가집니다.
조커를 가진 자는 대부분 게임에서 승리하지만
때에 따라서는 게임에서 패배하는
결정적인 패가 되기도 합니다.
지혜로운 삶이란 운명이 자신에게 쥐여 준
운을 믿는 것이 아니라
스스로가 쌓아 가는 지혜를 믿는 겁니다.

운명이 당신에게 운 없는 카드를 돌렸는가?
지혜가 당신으로 하여금 훌륭한 노름꾼이 되게 하라.
프랜시스 퀼스

Has fortune dealt you some bad cards?
Than let wisdom make you a good gamester.
Francis Quarles

행동할 용기

아주 가끔은 자신을 절벽 끝으로 내몰며
자신의 가능성을 시험해 보세요.
자신의 인생을 특별하게 만들고 싶다면
무엇이든 불가능할 것 같은 일에 도전해 보세요.
행동하지 않는다면 바뀌는 것은 아무것도 없습니다.

대면한다고 해서 모든 것이 바뀔 수는 없지만,
맞서 대면하지 않으면 아무것도 바꿀 수 없다.
제임스 볼드윈

Not everything that is faced can be changed,
but nothing can be changed until it is faced.
James Baldwin

강풍이 불어닥친다 해도

어쩌면 우리는 우리를 너무
과소평가하며 살아가는지도 모르겠습니다.
사람들은 저마다의 한계를 정해 버리고,
한계를 핑계 삼아 주저앉아 버립니다.
최악의 순간과 맞닥뜨린 순간 인생 최고의 기회도
함께 온다는 사실을 절대 잊지 마세요.

강풍이 분다.
이 바람으로부터 누구는 상상력을 얻고 누구는 두통을 앓는다.
카트린 대제

A great wind is blowing,
and that gives you either imagination or a headache.
Catherine the Great

용서 있는 삶의 가치

인생을 살면서 꼭 피하고 싶지만
꼭 만나게 되는 사람들이 있습니다.
이런 만남은 자신의 감정을 갉아먹으며
매초, 매시간을 분노 속에 살게 만들죠.
그러나 명심하세요.
화를 내며 보내는 이 시간도
흘러가고 있다는 것을요.
그리고 다시는 돌아오지 않는다는 것을요.
그런 사람들로 하여금 자신의 시간을
절대 방해받게 하지 마세요.
그런 사람들을 이기는 통쾌한 복수는
어쩌면 용서일지도 모르겠습니다.

인생은 용서를 전제로 한 모험이다.
노먼 커즌스

Life is an adventure in forgiveness.
Norman Cousins

모든 것에는 존재의 이유가 있습니다

밤하늘의 달과 별이 아름다워 보이는 건,

밤하늘의 어두움 때문입니다.

우리가 행복을 느낄 수 있는 건 불행의 쓴맛을 알기 때문이죠.

이렇듯 모든 것에는 존재의 이유가 있습니다.

불행은 어쩌면 행복이라는 이름의

또 다른 이름일지도 모르겠습니다.

매 순간 기억해 주세요.

행복의 소중함을 알게 해 준 불행의 소중함을요.

일 년 중에는 낮 못지 않게 밤도 많고, 낮의 길이에 못지 않게 밤의 길이도 존재한다. 행복한 삶도 어둠이 없으면 있을 수 없고, 슬픔이라는 균형이 없으면 행복은 그 의미를 잃어버린다.
칼 구스타프 융

There are as many nights as days, and the one is just as long as the other in the year's course. Even a happy life cannot be without a measure of darkness, and the word happy would lose its meaning if it were not balanced by sadness.
Carl Gustav Jung

용기만 있다면

우리는 지금 용기가 필요한 시대를 살고 있습니다.

용기란 두려움을 느끼지 않는 것이 아니라

두려워도 계속하는 것입니다.

용기만 있다면, 쓰러질지 알면서도 다시 일어설 수 있습니다.

쓰러지는 것보다 중요한 것은

또 쓰러질지를 알면서도 다시 일어서는 것입니다.

쓰러지는 것보다 중요한 것은 다시 일어서는 것이다.

빈스 롬바르디

It's not whether you get knocked down, it's whether you get
back up.

Vince Lombardi

소망이 있는 삶

아무 이유 없이 자신도 모르게 우울해지고,

기운이 없어질 때가 있습니다.

앉아도, 누워도 기운이 나지 않고,

하늘 아래 철저히 혼자인 것처럼 느껴질 때가 있습니다.

그러나 그럴 때일수록 작은 것을 소망하며,

소망의 씨앗을 마음에 품어 주세요.

절망의 속삭임에 귀를 닫고, 소망을 키우다 보면

당신의 내일은 오늘보다 더 행복할 수 있습니다.

운명이 겨울철 과일나무 같아 보일 때가 있다.

그 나뭇가지에 꽃이 필 것 같지 않아 보여도

그렇게 되기를 소망한다면

그렇게 된다는 것을 알고 있지 않은가.

요한 볼프강 폰 괴테

Sometimes our fate resembles a fruit tree in winter.
Who would think that those branches would turn green again
and blossom, but we hope it, we know it.
Johann Wolfgang von Goethe

계절이 주는 의미

가만히 눈을 감고,
손끝으로 계절을 느껴 보세요.
볼에 살포시 내려앉은 햇살이,
머리카락을 스치는 바람이
당신의 마음을
토닥토닥 위로해 줄 겁니다.
가끔은 계절이 들려주는
계절의 의미에 귀 기울여 보세요.

변화하는 계절에 관심을 갖는 것이
하염없이 봄만 사랑하는 것보다 더 행복하다.
조지 산타야나

To be interested in the changing seasons is a
happier state of mind than hopelessly in love with spring.
George Santayana

희망의 가치

돈 한 푼 들이지 않고도 구할 수 있는 것이 있습니다.

그것은 바로 희망입니다.

희망에는 비용이 들지 않지만 희망을 가질 수 있다면

당신은 최고의 부자입니다.

희망을 품고 살아도 오늘은 가고,

희망 없이도 오늘은 지나갑니다.

지금 당신의 오늘은 어떤가요?

희망은 비용이 들지 않는다.

콜레트

Hope costs nothing.

Colette

친절한 말은 무겁습니다

친절한 말의 무게는
그 누구도 상상할 수 없을 만큼 묵직합니다.
누군가 내 마음을 알아주고 위로해 주길
바라 본 적이 있으신가요?
그렇다면 먼저 다른 사람의 마음을 알아주고
위로할 수 있는 친절한 말을 배워야 합니다.
대수롭지 않게 건넨 친절한 말 한마디가
다른 이의 인생을 바꿀 수도 있습니다.

어려운 사람에게 도움의 말을 건네는 것은
선로를 바꾸는 전철기와 같다.
사소한 차이가 파멸하느냐 아니면
번영으로 나아가느냐를 결정한다.
헨리 워드 비처

A helping word to one in trouble is often like a switch in a
railroad track…
an inch between a wreck and smooth, rolling prosperity.
Henry Ward Beecher

먼저 행동하세요

친구가 되고 싶다면 먼저 친구가 되어야 하고,

돌부리를 피해 걷고 싶다면

보폭을 더 크게 벌려 힘을 주어 걸어야 합니다.

먼저 행동해야 진정한 친구를 얻을 수 있고,

돌부리를 피할 수 있습니다.

신의 도움을 구하되, 암초를 피하려면 스스로 노를 저어라.

인도 속담

Call on God, but row away from the rocks.

India proverb

/ 다섯 번째 마음 /　소중함 그리고 응원

내일이 반드시 행복하지 않을 수도 있다.
꿈이 반드시 이루어지지 않을 수도 있다.

그럼에도 불구하고,
인생은 항상 나를 응원한다고 믿고 싶다.

인생이 아름답지 않다고
포기할 수는 없잖아

66   99

마음을 믿는 순간

운명보다는 자신의 마음을 더 믿어야 합니다.

우리가 우리의 마음을 믿는 순간

운명 역시 바뀌게 될 테니까요.

인간을 지배하는 것은 운명이 아니라 자신의 마음이다.
프랭클린 D. 루스벨트

Men are not prisoners of fate, but only prisoners of their own minds.
Franklin Delano Roosevelt

쓰러지기를 두려워하기보다

시간이 지날수록, 나이가 들어갈수록
좌절 앞에서 한없이 작아지는 자신을 발견하곤 합니다.
그러나 쓰러지기를 두려워하기보다
다시 일어날 수 있는 힘을 갖는 것이
중요하다는 것을 잊지 말아요.
우리!

인생의 가장 큰 영광은 절대 쓰러지지 않는 것이 아니라
쓰러질 때마다 다시 일어나는 것에 있다.
공자

Our greatest glory is not in never falling,
but in rising every time we fall.
Confucius

세상에서 가장 신나는 일

점점 불가능한 일들이 많아지고,
포기가 습관이 되곤 합니다.
그러나 잊지 마세요.
월트 디즈니의 성공도
작은 생쥐의 활약으로 시작했다는 것을요.
세상에서 가장 신나는 일은
아마도 불가능한 일에 도전하고,
그것을 가능케 만드는 것일 겁니다.

불가능한 일을 해 보는 것은 신나는 일이다.
월트 디즈니

It's kind of fun to do the impossible.
Walt Disney

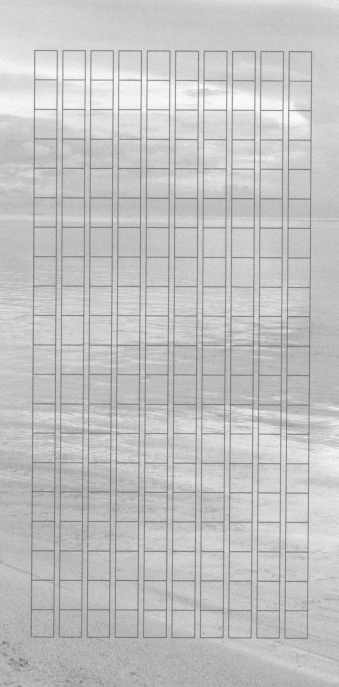

진정한 탐험의 의미

에베레스트를 정복하고 미지의 세상으로 떠나야만
탐험을 할 수 있는 것은 아닐 겁니다.
지금 누구와, 무엇을 하고 있는지 생각해 보세요.
그리고 일상을 대하는 자세를 조금 바꿔 보세요.
집 앞 골목길이, 매일 걷는 출근길이
색다른 탐험의 길이 될 수도 있습니다.

진정한 탐험은 새로운 땅을 찾는 것이 아니라
새로운 시야를 찾는 것이다.
마르셀 프루스트

The real voyage of discovery consists not in seeking
new landscapes but in having new eyes.
Marcel Proust

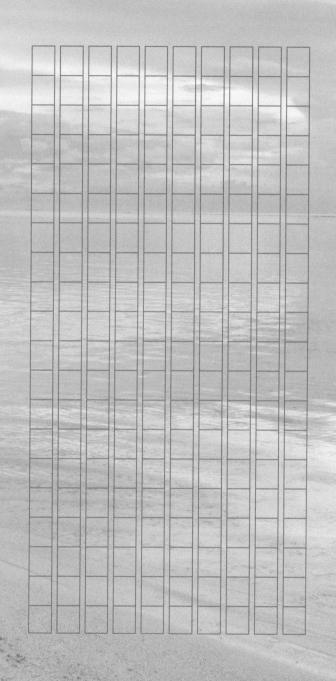

자신을 가장 사랑해야 하는 이유

매일 자신에게 알려 주세요.

마법의 주문처럼 외워 보세요.

이 세상 그 누구보다

자신을 사랑하고 있다고 말입니다.

스스로를 사랑하는 일,

우리가 매일 절대 잊지 말아야 하는 일입니다.

너 자신이야말로 세상의 그 누구 못지않게

네 사랑과 애정을 받을 자격이 있다.

부처

You, yourself, as much as anybody in the entire universe,
deserve your love and affection.

Buddha

땀은 절대 거짓말을 하지 않습니다

우린 모두 똑같은 출발점에서 시작했습니다.

그리고 똑같은 시간 속에 살고 있죠.

간혹 자신의 땀의 대가보다는 누군가의 출발점의 문제를

지적하느라 시간을 낭비하진 않으셨나요?

땀은 절대 거짓말을 하지 않습니다.

땀과 눈물은 둘 다 짜지만 각기 다른 결과를 낸다.

눈물은 동정을, 땀은 변화를 가져다 준다.

제시 잭슨

Both tears and sweat are salty, but they render a different result.
Tears will get you sympathy; sweat will get you change.
Jesse Jackson

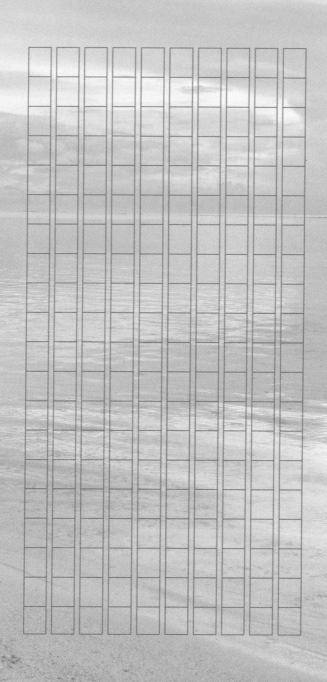

지나간 시간은 다시 돌아오지 않습니다

오늘을 열심히 보내도 오늘은 가고,

무기력하게 하루를 보내도 오늘은 갑니다.

매일 시간이 돌아온다고

그 시간의 가치가 같을 수는 없습니다.

지금이 지나면, 그것이 단 0.1초라고 해도

지나간 시간은 다시 돌아오지 않습니다.

하루를 알차게 보내면 편히 잘 수 있고,

주어진 삶을 알차게 보내면 행복한 죽음을 맞이할 수 있다.

레오나르도 다 빈치

As a well-spent day brings happy sleep,

so life well used happy death.

Leonardo da Vinci

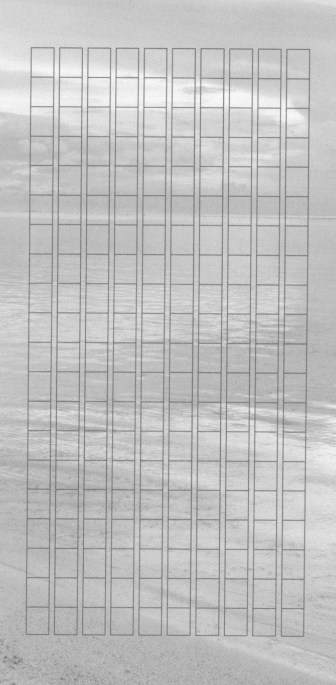

인생의 가장 큰 선물

자신의 마음을 온전히 알아주는 친구가
단 한 명만 있어도 당신의 인생은 이미 성공적입니다.
더 이상 미루지 말고 누군가의 친구가 되어 주세요.
그리고 당신이 대우받기를 바라는 만큼 친구가 되어 주세요.
진정한 친구는 인생의 가장 큰 선물입니다.

친구는 내게 주는 선물이다.
로버트 루이스 스티븐슨

A friend is a gift you give yourself.
Robert Louis Stevenson

행복은 슬그머니 찾아옵니다

어쩌면 우리는 사소한 행복들을 찾아
헤매고 있는 것일지도 모르겠습니다.
주위를 한번 둘러보세요.
창문 너머 나뭇잎에, 가지런히 개켜져 있는 옷가지 사이에
행복이 숨어 있을지도 모릅니다.

행복은 종종 열어 둔 줄 몰랐던 문으로 슬그머니 들어온다.
존 배리모어

Happiness often sneaks in through a door you didn't know you
left open.
John Barrymore

진정 행복해지려면

우리는 우리 생각보다 자주

멈춤의 미학을 깨닫고, 실천해야 합니다.

남들의 시선 속에서 행복을 찾고,

물질의 풍요를 좇으며 행복을 찾는 것을

조금씩 멈출 수 있다면 행복은 꽤 가까이에 있습니다.

행복해지려고 애쓰는 걸 멈출 수만 있다면

우리는 행복해질 수 있다.

이디스 워튼

If only we'd stop trying to be happy,
we'd have a pretty good time.
Edith Whaton

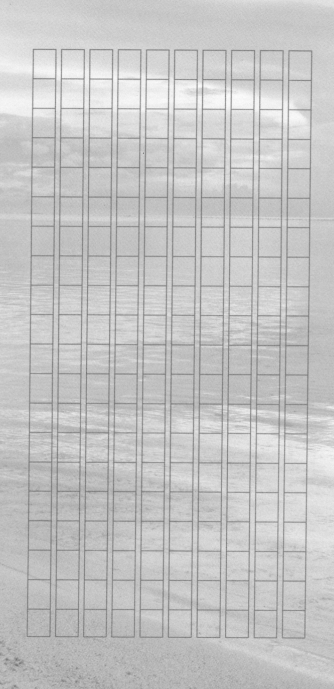

오늘, 지금, 당장의 중요성

오늘의 중요함은 백 번을 강조해도 모자랍니다.

아직도 어제의 영광이나 후회 속에서 오늘을 살고 있나요?

지금 우리 눈앞에 이렇게

아름다운 시간이 흐르고 있는데 말입니다.

어제는 재, 내일은 나무다,

불이 환하게 타는 것은 오늘뿐이다.

에스키모 속담

Yesterday is ashes; tomorrow wood.

Only today does the fire burn brightly.

Eskimo Proverb

오늘이 가장 아름답습니다

문득 과거와 마주할 때가 있습니다.

오랜만에 친구를 만나거나 예전 살던 동네 혹은

고향을 방문하게 될 때

문득 자신의 예전 모습과 만나게 되죠.

아주 가끔은 가장 아름다웠던

과거의 자신의 모습을 누군가와 나눠 보세요.

오늘의 소중함이 깊어질 겁니다.

변하지 않고 그대로 남아 있는 것에 가서야 비로소 자신이
그동안 얼마나 많이 변해 왔는지 깨닫는 것,
그것은 그 무엇과도 비교할 수 없다.

넬슨 만델라

There is nothing like returning to a place
that remains unchanged to find the ways in
which you yourself have altered.

Nelson Mandala

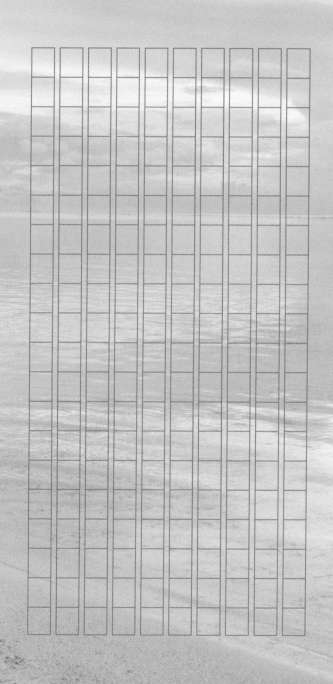

다시 시작할 수 있습니다

우리는 매일 새로운 출발점에 섭니다.
어제의 잘못된 출발도, 빛나는 출발도
오늘의 출발점 앞에서는 모두 사라집니다.
더 이상 오늘의 출발점 앞에서 뒷걸음질 치지 마세요.
오늘은 오늘의 태양이 뜹니다.

어느 누구도 과거로 돌아가 새로 시작할 수 없지만,
누구나 지금부터 시작해
전혀 다른 결과를 만들어 낼 수는 있다.
칼 바르트

Though no one can go back and make a brand new start,
anyone can start from now and make a brand new ending.
Carl Bard

당신이 먼저 응원하세요

우리가 누군가에게 소소하게 건넨

작은 배려의 인사가 누군가의 운명을 바꿀지도 모릅니다.

아주 사소한 칭찬이라도 괜찮습니다.

매일 누군가에게 호의의 말을 건네 보는 건 어떨까요?

행복은 당신으로부터 출발합니다.

우리는 이 세상의 행복 총량을 쉽게 증가시킬 수 있다. 어떻게? 외롭고 지친 그 누군가에게 진심 어린 호의의 말을 몇 마디 건네는 것이다. 나는 내가 한 친절한 말을 오늘 당장 잊어버릴지 모르지만, 그 말을 들은 사람은 그것을 평생 소중하게 간직할 것이다.

데일 카네기

You have it easily in your power to increase the sum total of this world's happiness now. How? By giving a few words of sincere appreciation to someone who is lonely or discouraged. Perhaps you will forget tomorrow the kind words you say today, but the recipient may cherish them over a lifetime.

Dale Camegie

늦음은 존재하지 않습니다

나이가 들었다는 것은

기억력이 나빠졌다는 얘길지도 모릅니다.

나이가 들었다는 것은

새로운 시작을 하기엔 늦었다는 것일지도 모릅니다.

그러나 나이가 들었다는 것은

가장 가치 있는 일을 시작해야 할 때일지도 모릅니다.

그리고 그 시작 앞에 늦음은 존재하지 않습니다.

나이가 들었다는 것은 배우기에 가장 좋은 시기다.
아이스킬로스

It is always in season for old men to learn.
Aeschylus

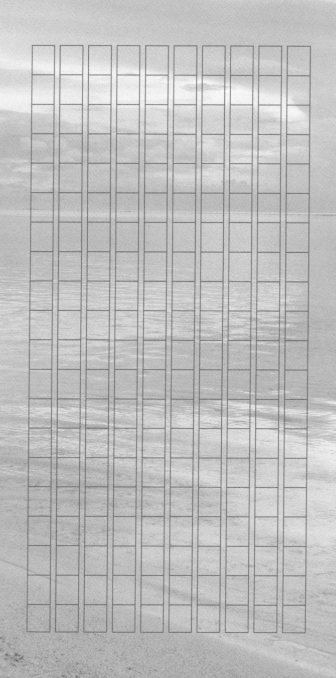

기회의 소중함

주말은 누구에게나 기쁨을 줍니다.

주말은 누구에게나 달콤한 휴식의 시간을 제공하죠.

그러나 이렇듯 우리가 주말을 즐길 수 있는 것은

열심히 살아갈 내일이 있기에 가능한 것입니다.

뭔가를 한 것에 대한 최고의 보상은

더 많은 일을 할 수 있는 기회라고 나는 생각한다.

요나스 솔크

I feel that the greatest reward for doing is the opportunity to do more.

Jonas Salk

오직 당신만이 할 수 있습니다

지금 당신 앞에 아무리 괴로운 일이 있다 해도,
오늘이 당신을 시험에 들게 한다 해도
당신이 잊지 말아야 하는 것이 있습니다.
인생의 어떠한 시험도, 괴로운 시간도, 최고의 시간도
오직 자신만이 자기 자신의 운명을
결정할 수 있다는 것을 말입니다.

사람들이 뭐라고 하건
오직 나만이 나의 운명을 결정할 수 있다.

클레어 올리버

Society may predict, but only I can determine my destiny.
Clair Oliver

항상 한결같이

우리는 간혹 일상 속에서 권태로움을 느끼곤 합니다.

그럴 때마다 지금 우리의 곁을 채우는 시간들,

혹은 사람들과 가상의 이별식을 열어 보세요.

일상의 조용함이 얼마나 소중한지 금세 깨닫게 될 겁니다.

항상 사랑은 그 깊이를 이별의 순간이 돼서야 알게 된다.
칼릴 지브란

Ever has it been that love knows not its own depth until the hour
of separation.
Kahlil Gibran

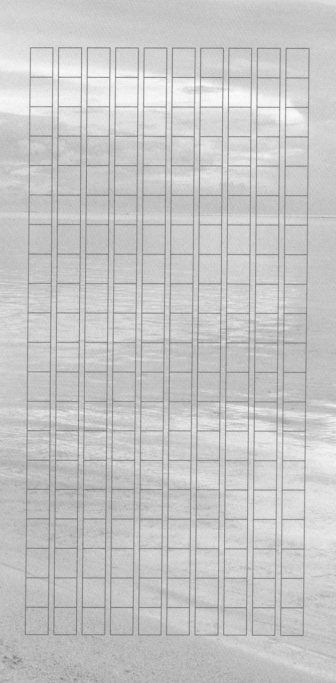

행복의 세 가지 과제

당신은 지금 사랑하고 있습니까?

지금 당신이 사랑하는 것이 무엇인지 생각해 보세요.

우리의 인생을 보다 값지고 행복하게 만들어 줄 겁니다.

이 세상에서 사람이 정말 행복해지려면 딱 세 가지가 필요하다.

그것은 사랑하는 사람, 해야 할 일, 그리고 희망하는 것이다.

톰 보뎃

They say a person needs just three things to be truly happy in
this world.

Someone to love, something to do, and something to hope for.

Tom Bodett

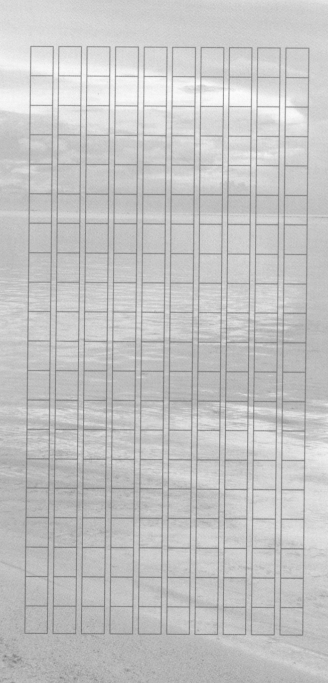

행복을 위한 요리

다른 사람을 위해서만 요리하지 마세요.

가끔은 혼자라 할지라도 맛있는 음식을 만들어

혼자만의 만찬을 즐겨 보세요.

그것이 행복입니다.

화려하고 복잡한 걸작을 완성하고자 요리할 필요는 없다.

그저 신선한 재료를 가지고 맛있는 음식을 만들면 된다.

줄리아 차일드

You don't have to cook fancy or complicated masterpiece -
just good food from fresh ingredients.

Julia Child

손으로 희망을 쓴다는 것

모든 날이 완벽할 수는 없다.
모든 사람과 친구가 될 수도 없다.
모든 사람의 사랑을 받을 수도 없다.

인생은
기쁨보다는 아픔을,
웃음보다는 눈물을,
친구보다는 적을,
더 많이 내어 준다.

그러므로 나에게 더 많이 말해 주자.
사랑한다고, 그럼에도 불구하고 사랑한다고.

1년 후,
나에게 해 주고 싶은 말은,

"   "
_____

미안해, 사랑해
그리고…

어쩌면 오늘의 나에게
가장 필요한 한 마디
고마워

서은

순간의 감성을 사랑하고,
홀로 웅크린 이들을 다독이는 사람.

거창하고 화려한 미사여구보단
진솔한 몇 마디의 위로로
가라앉은 마음을 감싸 안는다.

오늘, 밤의 한가운데에서
행복을 꿈꾸는 당신에게,
당신의 달에게 그 마음을 보낸다.
미안하고, 사랑하고, 고맙다는 말을 담아.

인스타그램 @seo.eun5330

달에게
미안해 사랑해 고마워

초판 1쇄 인쇄 2019년 2월 15일
초판 1쇄 발행 2019년 2월 25일

지은이 서은
펴낸이 안종남

펴낸 곳 지식인하우스
출판등록 2011년 3월 31일 제 2011-000058호
주소 03925 서울시 마포구 양화로7길 55(서교동) 신양빌딩 201호
전화 02)6082-1070
팩스 02)6082-1035
전자우편 jsinbook@naver.com
블로그 blog.naver.com/jsinbook

ISBN 979-11-85959-75-7 03810